NOTICE HISTORIQUE

SUR

LE COMPLOT FORMÉ CONTRE SA MAJESTÉ L'EMPEREUR ALEXANDRE.

IMPRIMERIE DE SÉTIER, RUE DU CIMETIÈRE-SAINT-ANDRÉ-DES-ARTS, N°. 7.

PIGER.	BERT.	DIERICHX.	LACROIX.	BUCHOZ.
Emp^t	Emp^t	Emp^t	Emp^t	6 ans
				Exposition
1 an.	3 ans.	1 an.	3 ans.	et la marque

Complot contre S. M. l'Empereur de Russie,
jugé par la Cour d'Assises de Bruxelles. Le 1 Mai. 1819.

NOTICE HISTORIQUE
SUR LE COMPLOT

FORMÉ CONTRE

L'EMPEREUR ALEXANDRE,

Avec les Portraits des Conspirateurs et des Détails sur la Procédure.

COMPLOT QUI PEUT SERVIR DE TOME III°. A LA NOTE SECRETTE.

Et pourquoi ne peut-on, à des signes certains,
Reconnaître le cœur des perfides humains.

RACINE, *Phèdre.*

A PARIS,

Chez
{
L'ÉDITEUR, rue Jean-Pain-Mollet, N°. 10.
DELAUNAY, Libraire, Palais-Royal, galerie de bois.
BÉCHET aîné, Libraire, quai des Augustins, N°. 57.
MARTINET, Libraire, rue du Coq.

~~~~~~~~~~

1819.

NOTICE HISTORIQUE

SUR

LE COMPLOT FORMÉ CONTRE SA MAJESTÉ L'EMPEREUR ALEXANDRE.

~~~~~~~~~~~~

DEPUIS trente ans il s'est opéré un changement extraordinaire dans la manière de voir, d'agir et de penser. Les événemens de 1789 mirent les passions en mouvement ; les années qui suivirent leur donnèrent l'essor : chacun se crut appelé à gouverner, à régir les Etats. Le peuple, que certains meneurs appelèrent à leur secours, pour seconder leurs projets, fut ébloui par ces mots de *souveraineté*, de *liberté*, d'*égalité*, qui frappaient ses oreilles ; il crut que la fortune, les richesses, les distinctions qui procurent l'aisance, alimentent l'oisiveté, la paresse et le luxe, allaient devenir son partage, et qu'il pourrait se livrer à tous ses goûts, parce qu'il devenait *libre*. Cette *liberté*, telle qu'on la lui promettait, n'était que la *licence* ; mais elle convenait à ceux qui faisaient mouvoir le peuple, ce grand ressort des révolutions ; ils pouvaient, à leur gré, détruire le lendemain ce qu'ils avaient encensé la veille, et c'est d'après ces erremens que l'on proclama que l'insurrection était le plus saint des devoirs, et que nous eumes successivement les abus, les troubles, les crimes, les monstruosités qui signalèrent tous les Gouvernemens qui se sont succédés depuis 1789 jusqu'à ce jour. Dans cet espace, que nous venons de parcourir, nous avons certainement acquis beaucoup de gloire. Le peuple français s'est immortalisé, a éclipsé, surpassé tout ce que les siècles ont offert de plus grand, de plus majestueux ; ses vertus, son héroïsme ont offert des modèles qu'il est peut-être difficile d'imiter ; tout ce qui est beau et sublime lui appartient ; les crimes, les excès, que quelques individus ont voulu faire peser sur les nations entières, restent à ceux qui en sont les auteurs ou les complices ; mais la nation française est *vierge de ces iniquités*, c'est une justice qu'il faut lui rendre : honte éternelle à ceux qui la calomnient !

Cependant les factions, les partis ont survécu à tous ces orages ; l'expérience ne nous a pas corrigés, ne nous a pas rendus plus sages, et tout en reconnaissant que les fautes commises, que les malheurs, dont nous ressentons les funestes effets, sont venus du peu d'union qui existait entre nous, chaque jour nous prouve que l'effervescence est à son comble, et que chaque parti est encore prêt à opérer des déchiremens. Chacun a sa dénomination, sa bannière. Les *ultrà - royalistes*, les *ultrà-libéraux*, les *ministériels*, tous veulent, tous prétendent avoir raison ; leur mot de raliement est *la Charte* ; mais leurs intentions à tous sont-elles bien de la maintenir, de la soutenir ? Il faudrait sans doute quelqu'événement pour connaître les intentions de chacun. L'épreuve serait peut-être dangereuse ; car quel est, dans tous ces partis, celui qui est de *bonne foi ?* Si celui qui nous l'a donnée, cette Charte, n'était pas plus certain de la marche qu'il veut suivre, que ceux qui prétendent être nos régulateurs, dans quel abîme de maux ne pourraient-ils pas nous précipiter ! Mais, me direz-vous, qu'elle est donc votre opinion ? Je suis l'ami, le soutien, le défenseur, à la vie, à la mort, du Gouvernement qui existe en vertu de cette Charte, chef-d'œuvre de sagesse et de raison ; je ne vois point le mal où il n'existe pas ; je ne préjuge rien ; je n'irai point, par de vaines déclamations, égarer l'opinion publique, trouver des torts à ceux qui n'en ont pas, accroître ceux qui existent ; ami de mes semblables et de l'humanité, je ne vois que ma patrie, sa prospérité, et je me garderai bien de rien dire qui puisse être interprété de manière à faire penser à tel ou tel homme exalté qu'il a le droit de vie et de mort sur ceux qui pourraient lui déplaire et contrarier ses vues ; je ne chercherai

point à alimenter le fanatisme politique ou religieux, pour armer le bras de quelque *Séïde*, et
plonger dans le deuil les nations, en frappant
ceux qui sont appelés à les gouverner. Voilà cependant ce qui arrive, et ce qui a enfanté cette
conspiration dont nous allons parler, chef-d'œuvre
du délire, de l'oisiveté, de la frénésie et de la mé-
chanceté de quelques êtres avilis, dégradés, dont
le nom n'échappe à l'oubli du néant que par une
funeste et criminelle célébrité.

Conspirer, n'importe à quel titre, est donc
une absurdité. Quelques-unes de ces conspirations ont cependant acquis une espèce de légi-
timité, ce sont celles que l'on a décoré pom-
peusement du *titre de guerre*, que les souverains
se font entr'eux, et dont les peuples payent les
frais de leur sang, s'ils sont vainqueurs; de
leur argent, et quelquefois de leur indépen-
dance, s'ils sont vaincus.

Tout considéré, la révolution française n'a
donc été qu'une longue conspiration, dont nous
avons été tour-à-tour les acteurs et les victimes.
En est-il résulté quelque bien ? Non. Le passé et
le présent le prouvent, et l'avenir, si nous
sommes sages, nous le démontrera encore bien
mieux. Si nous eussions su nous entendre et
allier les principes de la justice, de la sagesse et
de la modération à ceux de la liberté, elle eût
pu nous rendre heureux, et nous prémunir

contre ces erreurs, dont nous avons tous plus ou moins à gémir ; mais lorsqu'on n'a plus de frein, il est difficile de s'arrêter.

Pour conspirer, il faut être plusieurs, et cette nécessité est précisément ce qui nuit au succès de ces horribles entreprises et les font avorter, comme la multiplicité des rouages empêche une machine de marcher. Le grand nombre d'individus qu'un chef de conspiration est obligé de s'associer nuit heureusement à l'accomplissement de ces affreux projets, et tout se dévoile au moment où l'on veut porter les coups. Il n'y a eu que le fanatisme religieux qui ait pu armer le bras de quelques scélérats et troubler leur cerveau au *point* de les *porter* à consommer un crime. Aujourd'hui telle chose n'arriverait pas, et la révolution n'eût-elle fait que nous ouvrir les yeux sur les forfaits auxquels peut porter la superstition, ce serait un grand bienfait. Il n'en existe pas moins quelques individus qui, par un irrésistible penchant, sont entraînés vers le vice, mais le nombre des gens vertueux l'emporte, et la terre produit en même tems le dictame et la ciguë.

Nous sommes flattés, en rendant compte d'un projet aussi ridicule qu'insensé, de voir qu'il ne se trouve impliqué, dans cette affaire, aucun de ces Français qui figurèrent dans nos armées. Il faut le dire avec orgueil, **les enfans de l'honneur**

et de la gloire ne se sont jamais écartés de la
route tracée par ces deux guides. Les Français,
dignes de ce beau titre, ont trop su apprécier
la magnanimité de l'empereur Alexandre et sa
grandeur d'âme, pour se porter contre lui à
quelqu'acte indigne de ce souverain et d'eux-
mêmes. Ils l'ont combattu sur le champ de
bataille ; mais des assassinats ! De tels moyens
peuvent être employés par quelques misérables
soudoyés et excités par des êtres plus dégradés
encore. On les reconnaîtra dans ces hommes
dont nous allons entretenir nos lecteurs.

On aura de la peine à croire qu'un projet
aussi insensé ait pu exister ; cependant, d'après
les informations prises avec le plus grand soin,
il est prouvé qu'au mois de novembre 1818, ce
complot devait éclater à Bruxelles. Il avait uni-
quement pour but de forcer S. M. l'empereur
de Russie, par les moyens les plus violens,
même par l'enlèvement de sa personne, à signer
des proclamations, afin d'établir un autre gouvernement en France, en proclamant l'archiduchesse Marie-Louise régente, pendant la
minorité de son fils.

Et qui sont ceux qui prétendaient ainsi enlever un souverain ; changer la face d'un gouvernement, pour en établir un autre ? quels
étaient leurs moyens, leurs ressources ? quelles
forces avaient-ils à leur disposition ? quelle puis-

sance les soutenait? quels chefs, quelles armées appuyaient, secondaient leurs projets, pour en assurer le succès ?!!

L'Europe allait de nouveau être en combustion ; les foudres de la guerre allaient encore en troubler le repos ; le sang allait couler ; des cadavres auraient encore couvert ces sillons, ces plaines fertiles, où règnent l'abondance et la paix. Et qui eut opéré ce boulversement? *onze individus*, dont cinq furent mis en liberté quelques tems après leur arestation ; un sixième, nommé *Laborde*, ex-officier au service de France, est fugitif.

Les autres ont comparu sur le banc des accusés. Ce sont les nommés *Claude-André-Piger*, âgé de 26 ans, corroyeur; *François-Xavier Berth*; âgé de 41 ans, marchand de vin; *François Dierickx*, âgé de 35 ans, facteur en charbon ; *Adolphe Pouillot* dit *Lacroix*, âgé de 33 ans, ex-officier au service de France, et *Louis Buchoz*, âgé de 30 ans, vinaigrier. *Dierickx* est né en Belgique, et les autres sont français (1).

---

(1) De tels gens sont-ils faits pour inspirer de la crainte? je le demande à ces trembleurs, qui voient tout en noir. La pitié, le mépris sont ce que l'on doit à de pareils agens et à ceux qui les mettent en jeu. Tout cela, en vérité, n'est qu'une misérable intrigue de cabaret.

Voici l'analyse des faits tels qu'ils résultent de la procédure ; vers la fin de juillet ou au commencement du mois d'août 1818, lorsque la nouvelle du congrès d'Aix-la-Chapelle et la prochaine arrivée des souverains en cette ville était généralement répandue dans ce pays, un ci-devant officier, nommé *Alexandre Laborde*, se qualifiant aide - de - camp du général Vandame (Laborde n'a jamais été aide-de-camp du général comte Vandame) ; et paraissant avoir dû quitter la France pour affaires politiques, conçut, pendant son séjour à Bruxelles, un projet d'une ridicule témérité, mais dont l'exécution partielle même, soit sous le rapport de la fin, soit sous celui des moyens, pouvait troubler le repos et la tranquillité publique. Il s'agissait, à l'aide de quelques affidés, d'enlever S. M. l'empereur de toutes les Russies, dans le cours de son voyage, soit en France, soit dans les Pays-Bas ; de contraindre ce monarque à signer une adresse aux Français, tendante à proclamer François-Charles Napoléon empereur des français, et l'archiduchesse Marie-Louise, sa mère, impératrice-régente ; enfin à faire revenir Napoléon Bonaparte du lieu de son exil. Il paraît même que dans le cas où S. M. l'empereur Alexandre eût refusé de souscrire à cette demande, un attentat devait être commis sur sa personne. Si l'empereur signait la proclamation, il devait être conduit en

France, où un mouvement suscité par les conjurés devait, selon leur attente, renverser du trône la dynastie qui l'occupe. *Laborde* communiqua d'abord son projet à *Piger*, qui travaillait à Bruxelles comme corroyeur.

Piger et *Laborde* ne virent plus qu'un obstacle à surmonter, c'était l'argent nécessaire; ils s'associèrent à cet effet le nommé François Xavier *Berth* qui promit des fonds. Cette promesse ne s'étant pas réalisée, le projet fut momentanément abandonné, et repris dans la dernière quinzaine d'octobre, époque du retour de l'empereur Alexandre de son voyage en France. Ce fut alors qu'ils s'abouchèrent avec le nommé *Dierickx* qu'ils savaient avoir eu des relations avec plusieurs contrebandiers, disséminés sur les frontières. Piger obtint de celui-ci une lettre de recommandation pour le nommé *Gaudry*, aubergiste, à Bossut, à l'effet de lui procurer quelques *bon garçons* pour faire les mêmes opérations que lui *Dierickx* disait avoir faites dans le tems chez *Gaudry* (1).

---

(1) Ils veulent employer le secours de quelques contrebandiers. Ces hommes trouvent bien assez de dangers dans le métier qu'ils font, sans s'accoler encore à des assassins, à des intrigans. Le gain que leur rapporte la contrebande leur suffit, et quelques pots de bière les consolent de leurs fatigues.

Voici les principales charges qui pesaient sur les accusés, et qui sont tirées de l'acte d'accusation.

Il paraît que *Pouillot* dit *Lacroix*, faisait déjà partie du complot dès le 20 au 26 octobre. Le 3 novembre il se rendit chez *Buchoz*, auquel il confia ce qu'il savait. Le même jour *Lacroix* et *Buchoz*, s'adressèrent à l'autorité, à laquelle ils révélèrent le complot. Ils furent engagés à surveiller les conjurés et à rendre compte de ce qui se passerait; mais on verra qu'ils sont sortis du rôle de simples surveillans passifs qui leur avait été recommandé (1).

Le 7 novembre, Lacroix fut présenté par Piger à Dierickx, afin d'obtenir de lui une

---

(1) Il est facile de voir que *Lacroix* et *Buchoz* ne sont que deux misérables, soudoyés par les lâches agens d'un parti plus lâche encore, qui cherchaient à égarer des imbéciles et à les rattacher à un complot dont ils étaient en même tems les auteurs et les délateurs, et dont ils entretenaient l'autorité, afin de mériter une récompense proportionnée au service qu'ils prétendaient rendre, et seconder en même tems les prétentions de ceux qui voulaient inquiéter un Gouvernement, en lui prouvant que son existence était menacée. Que de complots ont été ourdis de cette manière, depuis vingt-cinq ans, par ceux qui voulaient se perpétuer dans leurs emplois, et donner des preuves de leur active surveillance et de leur perspicacité.

nouvelle lettre pour *Gaudry*, dont les expressions fussent plus fortes que celles de la première, ainsi que de l'argent. *Dierickx* écrivit cette nouvelle lettre d'après les indications de *Lacroix*.

Dès qu'elle fut remise à *Piger*, *Pouillot* dit *Lacroix* le pressa de partir sans délai pour Bossut, afin d'engager et d'amener quarante hommes au moins ex-soldats de la garde; *Lacroix* lui remit 20 francs pour les frais de route; il fit aussi l'observation que, pour en imposer d'avantage aux contrebandiers. *Piger* devait être armé et mieux vêtu. En conséquence *Berth* lui prêta ses pistolets et son habit. *Lacroix* lui remit une canne *dont le pommeau représentait le portrait de Napoléon Bonaparte*, et lui recommanda de faire voir, tant à *Gaudry* qu'à ses amis, ce signe de ralliement.

Le 8 novembre *Piger* part pour Bossut, il y arrive le 10 à midi, et apprend que *Gaudry* a transféré son domicile dans les environs de Binche; mais il parle à une de ses parentes, et l'engage à faire parvenir la lettre à *Gaudry*. De là il revint de suite à Mons, où il fut arrêté le 11.

Le 9, pendant l'absence de *Piger*, *Buchoz* et *Lacroix* achetèrent à Bruxelles des pistolets, de la poudre, etc., qui furent déposés chez *Lacroix*, dans l'intention, ont-ils dit, de donner par-là plus d'audace aux conjurés; en effet, il est établi que *Lacroix* fit connaître à ses complices qu'il était possesseur de ces armes pour en faire usage en cas opportun ; et qu'il chercha même à recruter de nouveaux affidés.

Dans la même journée du 9, ce même *Berth* qui avait tant contribué au départ de *Piger*, révela la mission de ce dernier, et donna tous les détails de cette affaire à une personne de marque qui en fit part à un personnage auguste. Dès informations furent prises, et le lendemain 10, les arrestations de ces individus eurent lieu.

Les accusés sont convenus, pour la plupart, des faits ; mais tandis que les uns cherchaient à se prévaloir de leurs révélations, les autres signalaient les révélateurs comme les plus coupables d'entr'eux ; puisqu'ils ont employé tous les moyens qu'ils avaient en leur pouvoir pour assurer l'exécution du complot (1).

----

(1) Tous ces conspirateurs se dénoncent eux-mêmes : *Lacroix* et *Buchoz*, parce que telle était leur intention en formant ce complot, et *Berth*, par la crainte et le remords qui poursuivent et tourmentent presque toujours celui qui est sur le point de commettre une mauvaise action, fût-il même endurci dans le crime.

La canne remise à *Piger*, par *Lacroix*, et dont le pommeau représentait le portrait de Bonaparte, est un de ces mille et un petits moyens mis en œuvre pour scruter l'opinion, ou faire parler ceux que l'on veut

Les prévenus sont accusés d'avoir cherché, soit à susciter entre les habitans du royaume des Pays-Bas, la défiance, la désunion, les querelles, soit à exciter du désordre ou une sédition par un acte contraire au bon ordre et qui consiste

---

compromettre. Ces ruses, employées par des agens de tel parti que ce soit, annoncent bien peu de ressources dans ceux qui les mettent en avant et ceux qui les conseillent. D'ailleurs, quel espoir ou quelle crainte peut maintenant inspirer *Bonaparte ?* ses plus chauds partisans ne voient plus en lui qu'un homme qui a tué lui-même sa gloire, en ne sachant pas terminer sa carrière comme il convenait à celui qui eut l'honneur de commander à un grand *peuple.*

Ceux qui le craignent, ou qui sont ses ennemis, n'ont plus rien à redouter : les projets qu'il pourrait former sont aussi vains que les efforts de la vague écumante pour soulever le roc qui lui sert d'asile. Nous n'irons point nous livrer à des déclamations contre lui : *On ne doit pas battre un homme à terre.* D'ailleurs, n'est-ce pas outrager la Nation française, dont la gloire se trouve, pour ainsi dire, liée à tout ce qui s'est fait de beau et et de grand, pendant son règne ? Ses fautes lui appartiennent, il les expie loin de tout ce qui peut lui être cher ; car il est impossible, quelque soit son caractère, que son cœur ne s'ouvre pas à quelques affections. Nous ne prétendons point être ses défenseurs, ses apologistes ; mais il est homme, et, à ce titre, nous pouvons dire ;

Homo sum, nihil humani, a me alienum puto.

en un complot définitivement arrêté entr'eux en en octobre 1818, à Bruxelles, tendant à se saisir dans les Pays-Bas de la personne de S. M. l'empereur de Russie lors de son voyage en ce pays; à forcer S. M. de signer une proclamation aux Français, afin de faire revenir Napoléon Bonaparte en France; à proclamer son fils François-Charles-Napoléon empereur des français, et Marie-Louise impératrice-régente; à commettre un attentat sur la personne de l'empereur Alexandre s'il refusait de signer la proclamation, et, dans le cas contraire, à conduire S. M. dans une des provinces de la France, afin d'y faciliter par sa présence et par la publication de la proclamation aux Français un soulèvement contre le gouvernement existant dans ledit royaume; ou s'être respectivement aidés ou assistés avec connaissance dans les faits qui ont préparé ou facilité ledit acte contraire au bon ordre, ou d'y avoir provoqué soit par dons, promesses, soit, en donnant des instructions pour le commettre; ou enfin en procurant sciemment des armes ou autres moyens quelconques devant servir à l'exécution dudit acte.

L'art. 87 du code pénal prononce la peine capitale contre tout attentat ou complot dirigé contre le gouvernement, l'ordre de successibilité au trône, ou l'autorité du chef de l'état, tandis que l'art. 91 suppose que le complot ait eu pour but la guerre civile, en armant les habitans de ce royaume les uns contre les autres ; il ne paraît pas qu'on puisse trouver dans les faits du complot imputé aux prévenus, les caractères des crimes prévus par lesdits art. 87 et 91, ce qui devient encore plus sensible, lorsque l'on considère sous quelle rubrique ils sont placés, attendu que sous ce rapport la qualification alternative donnée au fait paraît devoir être restreinte à l'art premier de l'arrêté royal du 20 avril 1813.

Voici le contenu littéral de la proclamation ; elle avait été écrite au crayon par Piger, et ensuite copiée par ses co-accusés.

Proclamation aux Français.

Au nom de la patrie et de l'empereur Alexandre.

Art. 1er. En décision de *notre* congrès d'Aix-la-Chapelle, nous décrétons que l'évacuation de l'armée d'occupation doit s'effectuer dans les derniers jours de ce mois, et retourner *chacuns* dans *leur* frontière.

Art. 2. Par l'assemblée secrète des souverains, nous proclamons par délibération de notre congrès, qu'au nom de la France, Napoléon soit transporté en France, et que le prince François-

Charles-Napoléon soit proclamé empereur des Français, et Marie-Louise, impératrice-régente.

Fait à notre congrès d'Aix-la-Chapelle, en date de notre assemblée du . . . . . . 1818.

Quelques-uns des accusés paraissaient avoir adopté des systèmes de défense tout-à-fait opposés, et s'accusaient mutuellement.

Le style de cette proclamation prouve assez quels moyens avaient ses auteurs pour opérer, et le degré de confiance qu'ils auraient inspiré. On ne peut se dissimuler, cependant, que derrière la toile, il se trouvait des meneurs qui faisaient mouvoir les fils. Ils étaient plus instruits, plus profonds dans leurs calculs que tous leurs agens; ils ont laissé subsister à dessein ces fautes de rédaction, que l'on trouve dans la proclamation aux Français, et c'est précisément par-là qu'ils se décèlent. Les auteurs des *notes secrètes* avaient un style plus correct, plus châtié, mais les principes étaient les mêmes : ils voulaient l'asservissement de leur patrie; éterniser le séjour de l'armée d'occupation, en faisant entrevoir la possibilité, la certitude même que la France était toujours sur le point de troubler le repos de ses voisins. Ils ont échoué, mais ils ne se tiennent pas pour battus; ils reprennent en sous œuvre, et, en menaçant les jours et la liberté de l'empereur Alexandre ; en annonçant que le Gouvernement, maintenant existant en France, sera renversé, ils voulaient que toutes les puissances de l'Europe intervinsent dans cette affaire; ils tressaillaient en songeant que les bannières étrangères flotteraient encore sur nos remparts, au sein de nos paisibles cités.

Leurs espérances criminelles ont encore été déçues : les puissances étrangères n'ont point donné dans ce piége grossier. Elles savent que la tranquillité et la stabilité des états ne dépendent pas de la manie qui tourmente quelques brouillons incorrigibles, dont l'orgueil et la nullité font tout le mérite ; elles voyent avec plaisir et admiration que celui qu'ils ont replacé sur le trône des Bourbons, touche au but qu'il s'est proposé, et que, sans être ému des criailleries, des propos et des efforts de toutes les cotteries, il assure le bonheur de son peuple.

Le complot formé contre S. M. l'empereur Alexandre, eût-il été mis à exécution, ce qui était impossible, d'ailleurs ce n'était pas l'intention de ces Messieurs; ce complot, dis-je, n'en était pas moins un crime ; et les *auteurs*, délateurs et complices n'en méritaient pas moins un juste châtiment. C'est ce que M. Orts, substitut du procureur - général près la cour de Bruxelles, a prouvé dans un discours aussi fortement pensé que lumineux. Il établit la culpa-

bilité des prévenus, d'un plan concerté entr'eux
et qui a reçu un commencement d'exécution,
1°., par l'envoi de Piger à Bossut, pour réuni
des contrebandiers qui devaient les aider dans
leur projet d'enlèvement ; 2°., des lettres écrites
à un nommé Gaudry, chef des contrebandiers,
sur lequel ils comptaient ; 3°., de l'itinéraire
qu'ils devaient suivre pour parvenir à l'exécution
du complot ; 4°., de la correspondance de Piger
avec d'autres prévenus. Le ministère public a
considéré que Piger était infiniment moins coupable que Buchoz et Pouillot, dit Lacroix, qu
ont organisé cette conspiration dans l'espoir
d'exploiter une mine féconde ; que la remise de
pistolets à Piger, et la canne avec le portrait d
Napoléon Bonaparte, qui devait servir de sign
de ralliement, ainsi que les entretiens de Lacroi:
avec les autres conjurés, prouvait la culpabilit
de ce dernier. Le ministère public a tonné contr
Buchoz, qu'il a dépeint comme un agent d
perfidie, n'ayant employé les armes du mensong
que pour consommer son crime. Cet instigateu
n'a pas rougi de calomnier M. le chevalier d
Kniff qui a mis dans cette affaire autant de zèl
que de sagesse, et qui a été loin d'encourage
une action criminelle, comme Buchoz a voul
l'insinuer. Notre police cherche à prévenir le
crimes, et ne fournit point des moyens de le
consommer comme cela est arrivé quelquefo:

en France. Après avoir tracé le hideux tableau des intrigues ourdies par Buchoz et Pouillot, dit Lacroix, qui paraissait être son agent, M. le procureur-général exprime ses regrets d'y voir figurer un *Belge :* Nous aurions voulu le trouver innocent, dit-il ; mais tout prouve qu'il était un des instrumens des meneurs et qu'il se trouvait sur la même ligne que Piger. Quant à Buchoz, Pouillot, dit Lacroix, et Berth, ils s'excusent en s'appuyant de leurs révélations ; mais c'est le honteux manteau dont il se sont couverts. Il est affreux, dit-il, d'avoir à dévoiler une si horrible trame : l'intrigue, la fausseté, le mensonge et la calomnie sont les armes dont ils se sont servis, non-seulement les uns envers les autres ; mais encore envers des fonctionnaires environnés de la considération publique. Il a terminé en invoquant la loi du 6 mars 1818, qui maintient en vigueur les dispositions de l'arrêté royal du 20 avril 1815, dont il reclame l'application de l'article premier au cas actuel. Le code pénal laisse à ce sujet une grande lacune ; mais cela n'était pas étonnant, ajoute-t-il, sous un gouvernement despotique qui avait à sa disposition des prisons d'état, où venaient expirer les victimes de sa tyrannie. Il n'en est pas de même sous un gouvernement constitutionnel et représentatif, où les lois seules exercent leur empire. Il établit que les conjurés ont voulu réellement

exciter des désordres dans le royaume des Pays-Bas. « Nous ignorons où se serait arrêté, dit-il en
» parlant aux accusés, le fanatisme excité par
» l'intrigue politique de l'une ou de l'autre puis-
» sance, dont vous n'étiez que les agens. Mais
» vous avez compromis notre bonheur, notre
» repos, notre tranquillité : l'intérêt de notre
» patrie et la dignité du trône du royaume des
» Pays-Bas exigent une justice éclatante des agi-
» tateurs ; que les étrangers qui abordent notre
» territoire apprennent à respecter nos lois et
» l'hospitalité qu'on leur accorde ; que la Bel-
» gique ne soit plus enfin le théâtre des me-
» nées des *ultra*, de quelque couleur qu'ils
« soient. »

MM. les avocats Leroi, pour Piger; Garcia de Lavega, pour Berth; et Plaisant, pour Dierickx, ont plaidé successivement, en établissant la non-culpabilité de leurs cliens, qu'ils représentent comme étant les dupes et les victimes de Buchoz et de Pouillot, dit Lacroix. Ils prétendent que ceux-ci trompaient à-la-fois leurs co-accusés, la police de Bruxelles et celle de France, dont ils étaient les agens, et que tout le complot ne ten-dait qu'à servir les *ultras*, en faisant croire à l'empereur de Russie que la tranquillité pouvait être encore troublée en France, afin de l'engager à ne pas souscrire au départ de l'armée d'occu-pation. Le premier de ces avocats trouve même de la coïncidence entre cette manœuvre et ce qui a eu lieu à cette époque dans le Morbihan et la Bretagne.

M. Redemans, plaidant pour Pouillot, dit Lacroix, a développé avec talent les moyens de défense, de son client ; il s'est référé, pour la discussion des questions de droit, à l'avocat Verhaegen fils.

Celui-ci, dans un discours qui a duré près de trois heures, a exposé les moyens de défense relatifs à l'accusé Buchoz ; il a annoncé dans son exorde, qu'il laissait à son client le soin de se disculper lui-même des accusations odieuses mais étrangères au procès, que le ministère public et les défenseurs des autres accusés avaient dirigées contre lui. Que Buchoz, a-t-il dit, soit l'agent de la police, en France, qu'il ait reçu et reçoive encore des secours de son ambassadeur, je n'entends pas entrer dans la discussion de ces faits ; mais je démontrerai qu'ils ne peuvent être d'aucune influence dans le système de l'accusation, et que les conséquences qui en ont été tirées par les défenseurs des autres accusés sont fausses. Le droit des gens, a-t-il ajouté, ne permet pas de calomnier un Ministre qui représente son souverain ; son caractère diplomatique doit le mettre à l'abri du plus léger soupçon.

Il s'est d'abord attaché à prouver que les faits formant la base de l'accusation ne pouvaient sous aucun rapport constituer un crime, et surtout que l'article premier de l'arrêté du 20 avril 1815 était inapplicable. Il a dit que l'empereur Alexandre n'était dans notre royaume qu'un simple particulier, mis sur le même rang que les autres étrangers auxquels l'article 4 de la loi fondamentale accordait aide et *protection*. Qu'ainsi le complot dont est question dans l'acte d'accusation n'était autre chose qu'un complot formé contre un simple individu n'ayant aucun caractère de souveraineté chez nous, et rentrait par conséquent dans la classe des crimes ordinaires, s'il avait reçu un commencement d'éxécution qui pût lui donner le caractère de tentative de meurtre.

Le bouleversement du gouvernement français, a-t-il dit, qui paraissait être le but du complot, ne devait pas nécessairement occasionner un bouleversement chez nous, pas même du trouble, ni du désordre. Ce serait faire injure à notre gouvernement, qui est déjà affermi, que de supposer que son existence politique dût dépendre du gouvernement actuel en France; d'ailleurs, a-t-il ajouté, ce qui peut arriver à l'occasion d'un événement n'est pas assimilé, dans le langage des lois, à ce qui aurait dû en être incessamment la suite, et l'on n'établit pas des crimes par possibilités et conjectures.

Il a démontré que les deux principales conditions pour l'application de l'article premier de l'arrêté de 1815 n'existaient pas dans l'espèce. Il faut d'abord, a-t-il dit, que l'on ait cherché *à susciter entre les habitans* du royaume le trouble, la désunion : et certes, le but des accusés, quelle que soit la nature du complot, n'était pas d'exciter le désordre dans le royaume des Pays-Bas, quatre sont français et n'avaient aucune relation chez *nous* ; d'ailleurs, le ministère public lui-même est convenu que le seul but du complot était de changer la dynastie en France.

Ensuite l'arrêté exige un acte contraire au bon ordre équivalant à une sédition, à un tumulte; toute la contexture de l'article le démontre à la dernière évidence. Le législateur, dans cet article, a établi des peines contre les crimes de lèse-majesté au deuxième et troisième degré, sur lesquels le code pénal gardait le silence.

Il a ensuite établi qu'il n'y avait pas de commencement d'exécution dans les faits avancés par le ministère public ; il a dit que ceux qui conçoivent le projet d'un crime, ne sont pas encore coupables aux yeux de la loi. Qu'à la vérité la morale les accuse et les condamne ; mais que la société ne peut leur demander compte de leurs pensées.

Il a terminé sa discussion sur cette deuxième question, en soutenant que les faits articulés par le ministère public, abstraction faite de l'idée d'un complot qui n'était encore connu de personne, ne pouvaient faire le moindre effet sur les esprits, et, par conséquent, ne pouvaient pas exciter du désordre dans le sens de l'article premier de l'arrêté.

Le défenseur a traité enfin différentes questions relativement à la complicité et aux principes que l'on doit suivre sur cette matière.

En *fait* il a établi, que Buchoz étant révélateur, avait reçu ordre, de la part de la police, de suivre toutes les démarches des prétendus conspirateurs, qu'il n'était pas sorti du rôle qui lui avait été recommandé, et qu'il n'avait été que son instrument, bien qu'on l'accuse aujourd'hui d'avoir spéculé par intérêt sur une dénonciation à-la-fois ridicule et méchante.

En *droit* l'avocat a soutenu, que la provocation attribuée à Buchoz ne résultait que de la déclaration de Pouillot-Lacroix, son co-accusé, laquelle devait être rejetée du procès par plusieurs motifs qu'il a développés.

Il a démontré que Pouillot-Lacroix n'étant lui-même traduit que comme complice par provocation, et non comme *auteur*, l'article 60 du code pénal, ne pouvait dans tous les cas recevoir son application, quant à Buchoz.

Les armes achetées par Buchoz et remises à Pouillot-Lacroix ne constituent pas une complicité. L'article 96 exige qu'elles aient servi à l'action ; or dans l'espèce il n'y a pas eu d'action, et d'ailleurs les armes achetées par Buchoz n'y auraient pas servi puisqu'elles sont restées dans la chambre de Lacroix.

Le défenseur a terminé son discours en tâchant d'écarter la prévention qu'avaient fait naître les idées défavorables conçues contre Buchoz ; il a dit qu'il avait pleine confiance dans l'impartialité de la cour, et qu'il attendait justice.

M. le substitut du procureur du roi, dans un court exposé, a établi de nouveau qu'un plan avait été concerté, et qu'il avait reçu un commencement d'exécution. Il en a tiré la preuve de l'envoi de Piger à Bossut, pour réunir des contrebandiers qu'on qualifiait de *bons garçons*, et pour aider les conjurés dans l'enlèvement qu'ils projetaient de l'empereur de Russie, de la communication qui devait être faite à Gaudry, soi-disant chef de ces contrebandiers, et de l'itinéraire tracé pour parvenir à l'exécution du complot.

Il a répondu aux différens moyens produits par les défenseurs des prévenus, et s'est principalement arrêté à l'accusé Buchoz, qu'il a considéré comme étant le créateur du complot, comme l'ayant exploité dans l'espoir d'une récompense pécuniaire, et dont toute la conduite a été un tissu de mensonges et de calomnies envers des fonctionnaires respectables.

Ensuite ont été entendus MM. Leroi et Plai-

4

sant ; le premier pour Piger, et le second pour
Dierickx.

Un incident fort singulier s'est élevé à la fin
de la réplique de M. Leroi.

Quelques-uns des avocats ont établi que Buchoz était mu par l'impulsion d'une puissance
étrangère, et ils citaient à l'appui de cette asser-
tion la correspondance directe à cet égard avec
M. Decazes, avant le dernier changement minis-
tériel en France. M. le Président leur avait fait
l'injonction de respecter un Souverain étranger,
dans la personne de son ambassadeur, auquel
ils faisaient quelques allusions. Ce matin, M. l'a-
vocat Leroi, plaidant pour Piger, examine si le
complot est réel ou fictif. Il demande si un défenseur, dans l'intérêt de son client, peut parler
librement d'un agent diplomatique quelconque,
ou s'il est obligé de se taire. Le président l'engage à
se renfermer dans les termes de la décence et
demande qu'il en soit fait mention au procès-
verbal. Ainsi, dit l'avocat, si un ambassadeur
tue un homme qu'un innocent en soit soupçonné
et mis sur le banc du crime, il ne pourra dire
la vérité, dans la crainte de compromettre la
personne sacrée de l'ambassadeur. La loi de mars
1818, statue des peines contre les personnes qui
offensent le caractère des Souverains; mais elle
n'étend pas ses dispositions jusqu'aux Ambassa-
deurs. Il pose en fait qu'un avocat doit jouir de

toute la latitude possible pour la défense de son client, pourvu que ce qu'il avance soit vrai. Il finit par demander à la cour si elle a ses apaisemens sur ce qui a été dit que Buchoz était dirigé par la légation française; que dans le cas contraire, il demandait à pouvoir donner à cette partie de sa défense tout le développement possible et sans ménagement.

La cour, attendu que les faits articulés contre le ministre de France, ne résultaient pas du procès, a maintenu l'injonction.

Quelle force de vérité, quelle puissance d'énergie, dans tout ce que dit M. le substitut Ortz ! Le dernier paragraphe surtout doit faire rougir les agens principaux de cette perfide trame. Quant aux sicaires en sous œuvre, ce sont des reptiles, dont on rencontre encore, je le dis à regret, quelques modèles dans la société ; c'est une œuvre de la révolution, dont elle n'est pas encore entièrement purgée : on y retrouve les descendans, les successeurs de ces hommes qui, en 1793, organisaient des conspirations dans les prisons, et conduisaient, sous la faux du trépas, l'innocence, la vertu, les grâces et les talens. Le midi a ses *Trestaillon*, le nord n'a plus rien à lui envier.

M. Ortz s'est associé aux bienfaiteurs de l'humanité, à Cicéron, dénonçant Catilina et Verres, lorsqu'il a dit : *Notre police cherche à pré-*

venir les crimes et ne fournit point des moyens de les consommer, comme cela est arrivé quelquefois. . . . . C'est ainsi que doit s'exprimer un magistrat pénétré de la sainteté de ses devoirs : aucune considération ne doit l'arrêter lorsqu'il s'agit de faire triompher la vérité et les principes. Heureux le pays qui peut s'énorgueillir d'avoir de tels hommes pour organes des lois. Gloire au gouvernement qui sait les employer, sa prospérité est assurée ; l'amour, le respect et la confiance du peuple l'environnent !

Que les défenseurs de *Piger*, *Berth* et *Dierikx* ayent cherché à faire absoudre leurs cliens, rien de mieux ; qu'ils ayent peint *Buchos* et *Lacroix* sous les couleurs qui leur conviennent, ils ne pouvaient assez dévoiler la turpitude de leur conduite ; mais ils ne trompaient pas tout le monde, ils agissaient d'après un plan, d'après des données, des instructions. Et l'un de ces avocats a très-bien jugé lorsqu'il a avancé que ce complot se rattachait aux projets échoués dans la Bretagne et le Morbihan. La France n'a jamais eu de plus grands ennemis, d'enfans plus perfides que la plupart de ceux qui, après avoir figuré dans la révolution, ou sous ses divers Gouvernemens, sont aujourd'hui les trop zélés partisans du pouvoir absolu, et n'ont fait que changer de couleurs.

Je vois avec peine que des hommes de mérite, tels que les défenseurs de *Lacroix* et *Buchoz*, aient cherché à atténuer, à pallier les torts et les criminelles manœuvres de leurs clients. Ces deux individus étaient dignes d'être les amis des *Fouquier-Tinville*, des *Carrier*, des *Lebon*, des. . . . . . Comment justifier des êtres aussi immoraux ? On devrait, je pense, les abandonner à la vindicte publique. Nous ne ferons point à un Ambassadeur, honoré de la confiance du Souverain qu'il représente, et à un ministre qui a tant de titres à la reconnaissance et au respect du peuple français, l'injure de penser qu'ils ont eu connaissance de cette honteuse machination. Le premier a pu, par humanité, accorder des secours ; le second recevoir une lettre, sans qu'ils puissent, l'un et l'autre, être soupçonnés.

Je suis bien fâché de ne pas être tout-à-fait de l'avis de M. *Verhaeagen* fils, sur un point essentiel de sa défense pour *Buchoz*. Il dit, dans l'intérêt de son client, que S. M. *l'empereur Alexandre ne pouvait être considéré, dans le royaume des Pays-Bas, que comme un simple particulier.* Je pense que c'est une erreur : il y était bien venu comme un *simple particulier*, sans appareil, sans suite, sans escorte, et se confiant dans le bon ordre et la sûreté qui règnent dans ces contrées ; mais les conjurés l'attaquaient parce qu'il était souverain ; parce qu'il était utile à leurs infâmes projets. Ils voulaient profiter de cette circonstance, où ils pourraient en approcher facilement, pour commettre cet attentat. Si ce n'eût été *qu'un simple particulier, il n'y eussent pas pensé* ; s'il *eût été entouré d'une escorte, ils y eussent encore moins songé*. Mais c'est au Souverain qu'ils en voulaient, lorsqu'il était sans défense. Ils me paraissent, à moi, bien plus coupables, bien plus criminels, ainsi que leurs sectateurs et leurs partisans.

M. *Redemans*, défenseur de *Pouillot* dit *Lacroix*, a encore avancé une opinion qui me semble erronnée. *Il pense que le boulversement du gouvernement* FRANÇAIS, *qui paraissait être le but du complot, ne devait pas* occasionner un boulversement dans les Pays-Bas, parce que ce gouvernement est trop bien affermi. Je le crois comme lui : S. M. le roi des Pays-Bas est un Souverain qu'on pourrait donner pour modèle à beaucoup d'autres ; il ressemble à celui dont Fénélon nous a tracé le portrait, et qui suivait les leçons de Minerve, c'est Sésostris à l'âge de Télémaque, oubliant son rang, ses dignités, pour se rapprocher du dernier de ses sujets, et paraître plus grand encore ; nous nous permettrons donc d'observer à M. *Redemans* que lorsqu'un Etat est troublé, les Etats limitrophes ne peuvent être tranquilles, et que, lorsque la peste est dans les échelles du Levant, il n'est pas inutile de forcer à la quarantaine les vaisseaux qui arrivent de ces contrées. Si le complot n'a pas eu de commencement d'exécution, ce n'est pas la faute de tous les scélérats qui s'y rattachaient. Au reste, il est toujours d'un dangereux exemple de montrer qu'il est possible de faire le mal.

Buchoz et *Lacroix*, quoiqu'on ait pu dire, n'en sont pas moins de vils agens de corruption, mis en œuvre par des êtres plus méprisables encore ; et si ces deux hommes furent guidés par l'appat du gain et l'espoir d'une récompense, leurs *metteurs en œuvres* l'étaient par l'espoir du mal et l'envie d'opérer un boulversement dont ils eussent été les premières victimes ; mais que leur importe, le mal eût été fait ; et ils sont tellement pervers qu'en expirant, ils eussent souri à l'idée d'avoir causé le désespoir et la ruine de ceux qu'ils regardent comme leurs ennemis. Et qui ne l'est pas ? ont-ils quelque chose de sacré ? non, les Bourbons eux-mêmes, dont ils se sont proclamés si hautement les chevaliers, les nobles défenseurs, ont mérité leur haine dès qu'ils n'ont pas adopté leurs projets et sanctionné leurs vengeances. Combien n'ont-ils pas égaré de gens faibles, en supposant à ces princes, dont la bonté est le caractère

distinctif, l'intention, la volonté de punir ceux
dont ils se plaisaient à oublier les erreurs. O vous
qui êtes appelé à gouverner les peuples ! défiez-
vous de ces gens qui ne savent point garder de
mesure. Je ne chercherai pas à discuter jusqu'à
quel point les défenseurs de *Piger* et Dierickx
avaient droit, dans les intérêts de leurs clients,
d'attaquer, d'une manière directe, un ambassadeur. Je sais que l'autorité exige des ménage-
mens et du respect ; mais ce sera peut-être une
leçon utile pour tous ses dépositaires, et s'ils ne
veulent pas être compromis dans de telles dis-
cussions, ils n'ouvriront pas aussi facilement
l'oreille aux délations, aux calomnies, aux contes,
aux projets dont l'existence ne se trouve que
dans le cerveau de quelques intrigans. Nous
pourrions citer des preuves à l'appui de ce que
nous avançons. Combien d'agens chargés de
maintenir le bon ordre, et de veiller à la tranquillité des citoyens, les ont troublé par l'envie
de se rendre importans ; ont vu le mal et des
sujets d'alarmes et de craintes dans les choses
les plus simples et les plus innocentes. Heureusement ces vexations sont moins fréquentes et
tout porte à croire qu'elles finiront par ne plus
se renouveller. La cour d'assises de Bruxelles a
montré de la dignité en interdisant aux avocats
la faculté de faire des sorties contre un Gouvernement étranger dont leurs clients voulaient

troubler le repos. Il est des choses qu'il ne faut toucher qu'avec un respect mêlé de crainte. C'est de cette grande latitude que l'on s'est donnée depuis longtems , que sont dérivées beaucoup de choses dont nous avons eu à nous plaindre , et dont les résultats ont été si funeste. La manie de raisonner a gagné toutes les classes de la société , et les succès de tribune , après lesquels courent certains individus , sont aussi préjudiçiables à l'humanité que les victoires de ces conquérans dont la renommée publie la gloire ; mais dont les lauriers sont teints de sang et arrosés des larmes de ceux qui déplorent la perte d'un père ou d'un fils , l'espoir de sa famille.

D'ailleurs , eût-il été prudent de se livrer à des déclamations contre les agens d'un Gouvernement dont personne n'eût pris la défense ? C'eût été en outre manquer de générosité ; et si quelqu'un s'est écarté de ses devoirs , a outrepassé la ligne de démarcation que lui assigne ses pouvoirs , l'autorité, qui les lui a dévolus , saura lui faire sentir qu'il ne pouvait se compromettre sans que cette faute ne rejaillit sur son chef. Il n'en est pas moins vrai de dire que ces inconséquences jettent de la défaveur sur ceux qui en sont coupables , et atténuent la considération qu'on voulait leur porter.

MM. Redemans et Verhaegen fils ont été successivement entendus dans leur réplique aux objections faites par le ministère public.

M. Verhaegen a terminé sa discussion en s'opposant à la position des questions telles qu'elles étaient proposées par le ministère public ; il a démontré que la première de ces questions était complexe, renfermait à la fois un point de *droit* et de fait, et ôtait aux accusés leur pourvoi en cassation.

M. Orts, substitut de M. le procureur-général, a donné lecture des questions qu'il avait changées, disait-il, d'après le desir des défenseurs des accusés.

M. Verhaegen a demandé la parole, et a établi que les questions rectifiées offraient le même inconvénient. Il a demandé qu'il plût à la cour ordonner que la question de droit fût entièrement retranchée, il s'est basé sur ce que, pour le moment, la cour ne remplissait que les fonctions de jury, et ne pouvait connaître de l'application de la loi qu'après la réponse aux questions de fait.

La cour, après un délibéré de deux heures, a maintenu la position des questions, a déclaré les débats fermés, et s'est retirée pour statuer sur les questions.

La cour ayant repris séance, a prononcé affirmativement sur les questions proposées par le ministère public ; ces questions, au nombre de sept, sont relatives au degré de culpabilité des accusés, sur le commencement d'exécution du complot, etc.

La cour, s'étant de nouveau retirée dans la chambre du conseil, est rentrée, et a rendu son arrêt qui condamne Piger et Dierickx à un an d'emprisonnement; Pouillot dit Lacroix et Berth, à trois ans; et Buchoz, à six ans, deux heures d'exposition et la marque, et aux frais du procès.

Après sa condamnation, Pouillot, dit Lacroix, s'est levé, et a dit : *M. le président, je vous prie de me permettre de remercier M. de Kniff de ma condamnation.*

Aux termes de la loi; ils ont trois jours pour se pourvoir en cassation.

On présume que Buchoz se pourvoira en cassation.

Nous allons donner ici un précis des moyens employés par les avocats des accusés. Il servira à fixer l'opinion sur ce complot dont les honteuses machinations sont attribuées à un parti qui se fait reconnaître en France à ses fureurs et à ses injures.

M. Leroi, défenseur de Piger, après avoir rapporté l'origine de ce complot aux infâmes instigations des agens d'un parti expert en machinations, fait connaître toutes les menées de Buchoz, agent de ce parti, pour égarer quelques misérables, et donner une apparence de réalité à des projets dont l'exécution était impossible. En effet, il avait mérité, à plus d'un titre, d'être choisi pour diriger une pareille intrigue, ce Buchoz à qui, de son propre aveu, une mission était réservée en Angleterre, lorsque son opération en Belgique serait terminée, mission analogue sans doute à celles des nommés Leguevel et Legall, arrêtés à Boulogne, à leur retour de Londres, où ils étaient allés négocier les moyens de fomenter la guerre civile dans leur patrie. La profondeur, la perversité et l'audace de ses moyens ne sont plus un mystère. Un des principaux témoins l'a mise dans tout son jour. On sait par ce témoin quelle est la doctrine de Buchoz en matière de conspirations factices. En France, a-t-il dit dans l'abandon de ses confidences, voici comment nous agissons : *Nous conduisons jusqu'au moment même de consommer l'action ceux que nous avons excités à la commettre.* Ce n'est qu'ainsi qu'on peut acquérir des preuves contr'eux ; ce n'est que de cette manière qu'on est bien sûr de les conduire au supplice.

Ces confidences de *Buchoz* ne déchirent-elles pas, pour un grand nombre de nos lecteurs, le voile qui couvrait les moyens employés pour conduire, jusqu'à l'apparence de la culpabilité, des conspirateurs de ce genre ? Quel motif, quelle raison d'état pourrait-on alléguer pour légitimer ce que l'on a fait, si jamais on venait à découvrir que des hommes ont payé de leur sang *l'envie de conduire jusqu'au moment même de la consommation de l'action, ceux que l'on a excité à la commettre.*

De quelle responsabilité ne seraient pas chargés ceux auxquels on demanderait un pareil compte? Quelle défiance ne dois pas jeter, dans la société, une telle manière de voir et d'agir? Qui ne craindra maintenant de rencontrer, dans celui auquel on aura permis l'entrée de sa maison, que l'on aura admis dans sa familiarité, un de ces agens de conspirations factices qui ajoutent au crédit et à la puissance des inventeurs, en compromettant l'existence et l'honneur de ceux qu'il leur plaît d'englober dans leurs machinations et d'enchaîner les complices. En vérité, il vaudrait mieux, si de telles hommes reparaissaient, vivre seul, isolé dans un désert. Sont-ce donc là les effets de la civilisation? L'assassin qui vous arrête sur une grande route, qui vous plonge un poignard dans le sein, pour vous dépouiller ensuite, est moins dangereux que ces hommes, dont *Buchoz* et consorts nous offrent l'exécrable portrait. Un tel homme ne devrait point être frappé d'un fer rouge sur l'épaule, mais sur *la joue ;* ce devrait être son supplice et celui de ses pareils lorsqu'ils feraient un autre usage de leur vil métier, que celui qu'on est forcé de tolérer. Nous sommes bien de l'avis de M. *Plaisant* : il n'y a jamais eu de conspiration réelle ; mais c'est trop qu'un parti, qu'on croit *puissant*, en ait eu l'idée. Et quelle est la puissance de ce parti ? elle n'a d'autre consistance que la nullité de ceux qui le composent. Ils regrètent leurs privilèges. On leur dira : Qui les ont obtenus, ces privilèges ? Nos ancêtres : ils furent la récompense de leurs vertus, de leurs talens, de leur héroïsme. Prouvez - nous que vous n'êtes pas seulement héritiers de leurs noms ; mais que vous n'avez pas dégénérés, et nous vous rendrons tous les honneurs qui sont compatibles avec notre régime constitutionnel. Sans cela, rendez-vous justice, et cessez de vous plaindre et d'avoir la prétention de nous prouver que de l'eau bourbeuse et imprégnée du limon le plus impur est claire et limpide. Restez avec *Buchoz*, vous êtes dignes de lui être accolés.

M. Plaisant, plaidant pour l'accusé Dierickx, a soutenu d'abord qu'il n'y avait jamais eu de conspiration réelle, et que tout se réduisait à quelques machinations d'un parti puissant.

Il cherche quel peut avoir été le but de ce parti, et dit en substance : Depuis un demi-siècle, et au milieu des révolutions de toute espèce qui ont bouleversé l'Europe, les lumières ont toujours éclaté de plus en plus. A leur éclat, ont

disparu les institutions féodales, restes des siècles d'ignorance et de barbarie. En France surtout, les priviléges qui en étaient la conséquence,
sont bannis. Le Souverain qui y tient les rênes
de l'état est à la hauteur du dix-neuvième siècle :
un parti puissant voudrait cependant obtenir de
nouveau ces priviléges exclusifs : pour arriver
à ce but il faudrait égarer le Souverain, et con-
tenir la nation entière : c'est à cet effet que ce
parti voulait faire croire que hors de ses mem-
bres, le roi n'avait que des sujets infidèles ; que
non-seulement en France, mais encore dans les
pays voisins on cherchait, par une réunion d'efforts, à renverser son trône, que par conséquent
la permanence de l'armée d'occupation était in-
dispensable : en obtenant cette permanence, ce
parti arrivait à son double but, égarer le roi par
le moyen, soumettre les Français par le résultat ;
et c'est à l'effet de l'obtenir qu'il n'a cessé de pro-
voquer des actes et des conspirations qu'il est
inutile d'indiquer : c'est évidemment de ce parti,
dit l'avocat, que vient l'idée de la conspiration
dont il s'agit, et c'est pour arriver au but désiré
qu'on a tâché de lui donner une apparence de
réalité.

M. Plaisant appuie cette probabilité des faits
de la procédure, des fonctions et des relations de
Buchoz, cheville ouvrière de l'affaire, et des autres
circonstances développées déjà par M. Leroi.

Dans cette partie de sa plaidorie, l'avocat a été souvent interrompu par M. le président.

Enfin, M. Plaisant a soutenu que si Dierickx avait pris part à ce complot, quel qu'il fût, ce n'était pas sciemment. Il a terminé en disant que, s'il avait convaincu la cour de l'innocence de son client, sa plus douce récompense serait celle d'avoir sauvé le père de six enfans en bas âge.

Il est étonnant que *Pouillot* dit *Lacroix*, qui a figuré dans le rang des braves, se soit associé avec Buchoz. Est-ce le besoin ou la séduction qui l'ont engagé à se dégrader à ses propres yeux. Voilà où nous conduisent des liaisons formées au hasard et sans réflexion. Si *Lacroix* s'est conduit d'une manière honorable pendant dix-huit ans, il a entaché sa vie, et on ne peut l'absoudre dans l'opinion publique, qui est la régulatrice du bien et du mal.

Que ce complot n'ait été, si l'on veut, qu'un simple projet dont la mise à exécution n'a jamais été arrêtée; à quoi bon s'occuper de telles absurdités? pourquoi égarer l'opinion publique, la tourmenter, lui donner une direction contraire à celle qui convient? Je le demande aux ennemis les plus déclarés, les plus acharnés de tout ordre de choses raisonable et de tous les principes qui le constituent. Et les hommes que l'on peint comme les plus coupables en révolution, le sont moins mille fois que ceux qui prirent la fuite au commencement de cette lutte, aussi longue que désastreuse. J'admire ceux qui, fermes dans leur opinion , payèrent de leur personne et montrèrent de l'héroïsme et de la bravoure ; mais les autres méritent-ils qu'on les regarde ? Non, et c'est à regret qu'on en parle : mais leurs intrigues nous forcent, malgré nous, à nous en occuper.

M. Redemans , avocat de Pouillot dit La-croix, débute par dire qu'il sera très-long ; le président l'interrompt en lui disant : Vous ne serez pas long. — Mon devoir et ma conscience, reprend l'avocat, m'imposent l'obligation de ne négliger aucun moyen de défense en faveur de mon client. — Nous verrons, nous verrons, ré-plique le président ; la cour a aussi sa conscience. — Et moi la mienne, dit l'avocat , et il com-mence sa plaidoirie en disant qu'il n'entrera pas dans son projet de défense d'examiner si le complot dont les prévenus étaient accusés, était réel ou fictif ;

Qu'il partage l'opinion de ses collègues , qu'il n'y avait jamais pu avoir de trame réelle, mais que ces messieurs ayant traité amplement cette question , il s'abstiendra de toute discussion nou-velle à cet égard.

L'avocat dit à ce propos qu'il ne rappellera plus que les conjurés étaient sans aucun moyen d'exé-cution , qu'il était ridicule d'imaginer un complot tendant à renverser la dynastie des Bourbons, commis par des agens soudoyés par l'ambassadeur de France.

Ici, il est interrompu par M. le président, qui lui enjoint, ainsi qu'aux autres défenseurs des accusés, de se renfermer dans les charges du procès sans y impliquer M. l'ambassadeur d'une manière quelconque. L'avocat répond, que ce qu'il avait dit, était dit, mais qu'il n'y reviendrait plus, n'en ayant pas besoin pour sa défense.

Alors il établit un parallèle entre Pouillot et Buchoz. Il retrace les services militaires de son client, qui, pendant 18 ans, n'a cessé de combattre pour sa patrie ; il produit des certificats très-honorables constatant, entr'autres, que le 20 mars 1815, jour même de l'entrée à Paris de l'ex-empereur, Pouillot qui faisait partie alors de la garnison de Corté, en Corse, pendant que cette île entière était insurgée contre les Bourbons, combattait avec une rare valeur pour leur service, et fut cité à l'ordre du jour de l'armée royale.

Entrant dans la discussion des faits relatifs à son client, il établit :

Que celui-ci n'avait jamais eu de communication avec Laborde et Piger avant le 3 novembre ; que ce ne fut que le 2 qu'il eut connaissance du projet par Nicolas Fontaine ; qu'il s'é-

tait hâté de le révéler à la police de Bruxelles ;
qu'il avait été chargé par le chef de cette police
de surveiller les conjurés, conjointement avec
Buchoz. Il prouve ensuite que son client n'était
jamais sorti de ce rôle de surveillant.

La défense de Buchoz était difficile. Il paraissait
établi par la procédure, comme nous l'avons vu,
que, dans l'espoir de recevoir ce qu'on nomme en
Angleterre *le prix du sang*, et pour servir des
projets diplomatiques, cet individu avait été le
véritable moteur de cette machination. A l'occasion de ses relations avec l'ambassade de France,
il n'a pas disconvenu qu'il avait été salarié par elle.
On prétendait même qu'il touchait régulièrement,
dans sa prison, des sommes qui lui étaient por-
tées par un des secrétaires de l'ambassade. Des
témoins ont déposé qu'il avait à leur connaissance, de cette manière, reçu 1050 francs par
mois ; mais comme Buchoz servait d'intermé-
diaire, Lacroix affirme qu'en honnête camarade
il lui faisait une retenue au moins du quart de ses
appointemens (1). A ces faits se joignent encore
des discours qu'il ne peut nier, et entr'autres ce
propos tenu par lui, au chef de la police de
Bruxelles : « Savez-vous que M. de L. T. D. P. est

---

(1) M. l'ambassadeur a réfuté tous ces faits dans une
lettre qu'il a publiée.

enchanté de la manière dont vous avez mené cette affaire ? » A la vérité lorsqu'il fut arrêté, il changea de manœuvres. Il dénonça au roi le chef de la police et le juge d'instruction; il accusait entr'autres le premier d'avoir soustrait une des lettres de Dierickx: cette lettre se trouva dans les papiers de lui Buchoz, et ce seul trait fit connaître la valeur de ses autres accusations.

Buchoz déclare qu'il avait été ingénieur de 1804 à 1813, puis ensuite adjoint aux commissaires des guerres, qu'après la restauration il fit des opérations de commerce qui ne réussirent pas. Quant à l'argent que lui faisait remettre l'ambassadeur de France, il affirme qu'il ne le recevait, ainsi que Lacroix, à aucun autre titre que celui de l'intérêt que S. Ex. prenait à deux Français qui se trouvaient dans le malheur. Il convient avoir écrit, le 3 novembre, à M. Decazes pour lui faire connaître ce qui se tramait ici, et que ce dernier lui fit dire de continuer à le tenir au courant; mais il nie avoir eu précédemment des relations avec une police quelconque.

Le défenseur de Buchoz s'est plaint d'abord de l'acharnement avec lequel, non-seulement le ministère public, mais encore les avocats de tous les accusés avaient rejeté sur son client tout l'odieux de l'affaire. Il dit qu'il laissera à Buchoz le soin de se disculper lui-même des odieuses imputations dont il est l'objet; mais qu'il ait été attaché à *la police de France* ou à *la police en France*, cela ne fait rien au fond de l'affaire; il s'agit de savoir si, après sa révélation, il n'a continué à suivre les démarches des autres prévenus que d'après les instructions de la police de cette ville, et c'est ce qu'il espère prouver.

L'avocat discute ensuite les questions de savoir si le complot était réel, s'il avait reçu un commencement d'exécution, et, dans cette hypothèse, si nos lois étaient applicables en cette circonstance.

Il prétend, en fait, que Buchoz étant le révélateur, la police lui avait donné les ordres de suivre toutes les démarches des prévenus et qu'il n'est pas sorti du rôle qui lui était prescrit.

La police de Bruxelles, dit-il, qui avait d'abord donné beaucoup d'importance à cette affaire, prend aujourd'hui une route toute opposée et, pour ne pas paraître dupe et se conformer à l'opinion publique, elle accuse Buchoz d'avoir spéculé par un criminel intérêt sur une dénonciation aussi ridicule que méchante. Il ajoute que cette police, aussi bien que toutes celles de l'Europe, a ses espions; qu'il entre dans ses vues de dissimuler et de chercher à égarer ceux qu'elle veut atteindre par des moyens inconnus au public.

Il est inutile de faire des réflexions sur toutes ces inconcevables machinations; elles doivent

naître en foule à la lecture des singulières circonstances de ce procès.

Je pense bien que la défense de Buchoz était
difficile, quelle tâche à remplir ! Eût-on possédé
par excellence le talent de la persuasion, il eût
fallu plus que tout cela pour prouver que cet
accusé avait eu de bonnes intentions. On n'a pas
cherché à approfondir ce mystère d'iniquité,
dans la crainte d'y voir compromis des gens
dont le caractère ne peut être soupçonné de
perfidie. Des lettres initiales en disent beaucoup
trop, et les dénégations de *Buchoz arrêté*, ne
peuvent atténuer les faits, ni dénaturer les vérités
énoncées par *Buchoz en liberté*. Cet agent de
corruption, qui a fait plusieurs métiers, avait
jusqu'alors négligé le seul qui lui convint. Il est
vrai qu'il a fait une école à son entrée dans la
carrière ; mais six ans de réclusion lui donneront
le tems de réfléchir, et, muri par l'expérience,
il pourra à sa sortie prendre un nouvel essor,
et marcher d'un pas plus assuré dans cette
ignoble route.

Qu'il ait écrit à un ministre, pour lui annoncer
la découverte d'un complot qu'il tramait lui-
même, il n'y a pas là un grand effort d'imagi-
nation ; qu'on l'ait engagé à donner des renseignemens, cela ne prouve pas qu'il soit autorisé
à tromper, à calomnier.

Son défenseur se plaint de ce qu'il est le point de mire de toutes les récriminations et de tous les reproches. Il serait très-étonnant que cela n'arrivât pas. Si Buchoz n'eut point cherché à faire trouver des coupables aucun des prévenus n'eût paru sur le banc des accusés. Il a révélé le complot; mais il ne l'a créé, inventé que dans cette intention. La perfidie retourne à son auteur. Si la police de Bruxelles fut trompée un instant par les rapports fallacieux de Buchoz, doit-on en induire de là qu'elle l'a autorisé à continuer sa marche tortueuse ? Non certes. Elle accuse Buchoz de crime; il est réellement coupable; elle l'apprécie à sa juste valeur. Il est encore vrai de dire que toute police a ses agens; mais il ne faut pas vouloir persuader qu'ils sont tous des Buchoz. Si cette institution, bonne en elle-même, lorsqu'elle ne veut réprimer que le mal qui existe, atteint et frappe les coupables. L'homme probe n'a rien à en redouter, et quoique, dans un siècle de fer, nous ne sommes pas encore parvenus à un tel degré de dépravation que l'autorité puisse en être entachée et desire trouver des victimes. Il est d'un gouvernement sage d'éclairer chaque citoyen sur les devoirs qu'il a à remplir dans la société; sur les égards qu'il doit à ses semblables, le respect que commande l'autorité, la soumission que lui impose les lois. Il faut en outre que chaque membre de cette grande famille qu'on appelle le peuple soit convaincu que c'est toujours à regret que l'on punit même le plus coupable.

Il paraît que Buchoz comptait tellement sur le succès de son entreprise, et sur les heureux résultats qu'elle devait avoir pour lui, que, dès le 15 mars, il publiait un mémoire dans lequel on remarquait cette profession de foi, et comme il prétendait justifier sa conduite, il s'exprimait ainsi :

« Ce qui vous convaincra encore davantage,
» Messieurs, c'est que je n'étais ni ne fus, en aucun
» tems, l'agent d'aucune police, ni de celle des
» Pays-Bas, ni de celle de France, encore moins
» de celle de Russie ; c'est que je n'ai suivi ces
» progrès, toujours croissans, des machinations
» ennemies, que sur l'autorisation réitérée de
» magistrats respectables (les autorités de Bru-
» xelles) que j'ai déjà eu l'honneur de citer,
» autorisation qui s'accordait parfaitement avec
» ce que me suggérait vivement mon cœur ».

Depuis on a entendu les défenseurs du sieur Buchoz invoquer, pour couvrir sa responsabilité personnelle, la protection d'un rôle que nous nous abstiendrons de qualifier, et qu'il paraîtrait sans doute plus infâme (s'il est possible) d'u-surper gratuitement, que de remplir avec counaissance de cause. De là, des déclamations contre l'administration française, excusables peut-être de la part des avocats, dans l'intérêt de leurs cliens, mais impardonnables de la part des magistrats, qui ne doivent parler que dans l'intérêt de la justice.

Les pièces de cette affaire suffisent pour jeter un jour de vérité sur toutes ces assertions. Nous en publierons trois, qui paraîtront à nos lecteurs pouvoir faire apprécier à sa juste valeur, le rôle qu'a joué, dans cette circonstance, le sieur Buchoz, qui figure comme principal accusé.

La première est une lettre de lui - même, adressé, le 3 novembre 1818, à S. Exc. le Ministre de la police de France ; il en résulte qu'à l'époque du 3 novembre, le sieur Buchoz, n'avait aucun rapport avec l'administration française. Ce fut le 6 du même mois, d'après l'instruction publique, que cet accusé fit ses révélations du prétendu complot, à M. le ministre de France, à la Haye, qui le transmit sur-le-champ à l'autorité locale.

Il paraît que, n'ayant reçu aucun encouragement du Gouvernement français, le sieur Buchoz s'impatientait de ce silence, ainsi qu'il l'exprimait dans une lettre du 15 même mois, à M. le Ministre de la police.

Il paraît encore que M. le Ministre de la

police ne fit pas plus de cas de cette lettre que des précédentes, et qu'il n'y fit aucune réponse. Il paraît enfin, d'après une lettre de S. Exc. à M. le ministre de France à Bruxelles, que S. Ex. avait recueilli sur le sieur Buchoz des renseignemens fort peu satisfaisans, et desquels il résultait que ce prétendu *comte* n'avait pas plus été ingénieur que comte, et que son absence ou sa fuite de Metz, avait été motivée par des faits fort peu honorables pour lui, propres à faire penser au gouvernement français qu'il n'était dans cette circonstance que l'agent ou le provocateur d'une misérable intrigue.

Le silence que son excellence le Ministre de l'intérieur gardait, prouve assez qu'il appréciait Buchoz et ses révélations à leur juste valeur. Il connaît trop bien les hommes pour ne pas démêler la vérité d'avec le mensonge, et la perfidie d'avec la franchise. La conspiration ou le complot de Buchoz n'étaient pas plus dangereux que le coup de pistolet *à balle, ou sans balle*, et ce n'était qu'une fable inventée par le prétendu *comte.*

Combien ne voyons-nous pas à Paris de *rêveurs de complots* qui trouvent un projet de révolution dans un dîner dont ils voudraient prendre leur part, un signe de ralliement dans une carte de bal, une insulte à la majesté du trône dans une gravure, une diatribe dans une plaisanterie , et une provocation au meurtre dans un vaudeville, enfant de la gaîté française.

Toutes ces *billevésées* ne seraient rien si l'on n'y donnait de l'importance par celle qu'on y attache. Un Gouvernement qui s'y arrête un moment montre de la faiblesse et de la pusilla-nimité. Ses ennemis ont atteint le but qu'ils se proposent dès qu'ils ont pu l'inquiéter.

Il est très-facile de leur enlever cette petite puissance ; c'est d'envisager les choses sous leur véritable point de vue. Une *mouche* peut bien nous fatiguer un instant par son bourdonne-ment , mais la cause une fois connue , les effets ne présentent aucun résultat désagréable.

Quoi , quelques individus viendraient trou-bler la tranquillité des Etats parce qu'ils ont besoin de quelques pièces de monnaie pour alimenter leur paresse !

Le grand Frédéric, qui s'entendait aussi bien à gouverner que tout autre souverain *passé , présent ou futur ,* n'était pas aussi ombrageux, aussi facile à alarmer. Un homme venait-il à mal parler de lui , on l'en avertissait ; sa de-mande était toute simple, toute naturelle : A-t-il deux cent mille hommes à ses ordres et cent millions dans ses coffres ? S'apercevait-il que quelques-uns de ses sujets étaient occupés à lire une affiche dirigée contre son autorité ou contre lui , il la faisait placer plus bas , afin qu'ils pussent la lire avec plus de facilité. Qu'en arrivait - il ? dès que l'on s'apercevait que le Roi méprisait ces insultes, tout le monde payait les auteurs avec la même monnaie. Que l'on agisse ainsi avec nos faiseurs de pamphlets, et dans huit jours ils y regarderont de plus près pour perdre de l'encre et du papier, et faire gémir la presse.

Il est cependant des hommes qui ont besoin d'être surveillés et contenus dans le respect, car la tolérance et l'indulgence ne peuvent tout excuser, mais c'est aux dépositaires de l'autorité à savoir discerner ce qui est digne d'attention et à ne pas troubler la sécurité du Souverain et du peuple par des craintes chimériques.

Buchoz dit encore dans son Mémoire :

« Impliqué, dit-il, je ne sais comment, dans une conspiration marquée au coin de la témérité la plus délirante, dans une conspiration que je me suis fait un devoir de signaler à l'autorité, dès que j'ai eu le premier vent de son existence, et que je me glorifiais d'avoir contribué à faire avorter, il m'est pénible, il m'est cruel, non-seulement de me voir confondu dans le nombre des auteurs de ces menées coupables; mais bien plus encore d'avoir à écarter la prévention, étrangement odieuse, qui pèse aujourd'hui sur moi, etc. »

Il est certain que Buchoz devait voir avec quelque peine que tout ce dont il se glorifiait allait tourner à sa honte, et qu'il lui devenait impossible de détruire les préventions qui pesaient sur lui et dont il voulait accabler les autres. *Mais que diable allait-il faire dans cette galère ?*

«Le 3 novembre 1818, dit-il, vers huit heures du matin, un M. Adolphe Pouillot, dit Lacroix, ex-officier français, vint chez moi m'annoncer *qu'un complot se tramait, qui tendait à enlever, dans sa route, S. M. l'empereur de Russie, de forcer S. M. à signer une adresse aux Français, à faire revenir Napoléon, proclamer le fils de celui-ci empereur, et l'archiduchesse Marie-Louise régente, et de tuer S. M. l'empereur Alexandre s'il refusait de souscrire à cette demande.* Emu, épouvanté à ce récit, ajoute-t-il, je pressai vivement le sieur Pouillot de faire ces révélations à la police. »

Buchoz fut effrayé des révélations de Lacroix. A qui fera-t-il croire cela, lui qui avait imaginé tout ce complot ? Si quelque chose pouvait le tourmenter, c'était la crainte de ne pas recevoir assez promptement le prix de son infamie. Une fois arrêté et pris dans ses propres filets, il ne savait plus quelle tournure donner à ses discours. Alors il revenait à des sentimens d'honneur et d'humanité.

M. Buchoz rend compte ensuite de ses ré-

vélations , jusqu'au 10 novembre. On y voit
que, le 4 : le sieur Pouillot rendit à l'autorité
un compte détaillé de tout ce qu'il avait décou-
vert, et produisit l'original , écrit de la main
d'un sieur Piger, d'une proclamation que *l'on
devait forcer S. M. l'empereur de Russie à
signer.* Le 7, les conjurés devaient acheter, à
Bruxelles, des armes pour une somme de 1500
francs ; que, le 8 à onze heures du soir, Pouillot
lui apprit, *que Piger venait de partir , à
neuf heures, pour Bossut, pour aller recevoir le serment de cent contrebandiers qui l'y
attendaient, et qu'il devait ramener dans les
environs de Bruxelles ; que tous ces hommes
étaient armés et montés , et qu'une partie
sortait des lanciers rouges de l'ex - vieille
garde.* Je courus sur-le-champ, dit M. Buchoz,
transmettre ces détails à l'autorité. Il termine
ainsi :

« Par quelle étrange fatalité, par quelle magie
» inconcevable , l'homme ami du bien, le phi-
» lantrope par caractère autant que par devoir;
» par quelle magie inconcevable se voit-t-il, de
» révélateur ; métamorphosé tout-à-coup , en
» conspirateur ?..... J'ai beau chercher à sonder
« les pronfondeurs de ce mystère, je m'y égare. »

Pouillot, qui était son complice, jouait auprès
de lui le rôle d'un révélateur , et Buchoz, *l'auteur* et l'inventeur du complot, venait ensuite en

faire part à l'autorité , pour être l'homme le plus important. J'avoue qu'il est pénible pour Buchoz, qui croyait avoir si bien ourdi sa trame , de faire ainsi naufrage au port, et de voir que sa *philantropie* le conduit sur le banc des coupables. *Il s'égare dans ses réflexions.* La justice lui fournira le fil qui lui aidera à sortir de ce dédale ; car il serait affreux de laisser dans l'embarras un homme aussi *candide ,* aussi bien intentionné que Buchoz.

Il fallait que cet homme fut doué d'une grande dose de perversité et d'assurance pour croire que l'on donnerait tête baissée dans ses vues , et que ses révélations fourniraient assez de preuves pour qu'on ne put douter de la vérité de *son complot. Et ces lanciers rouges , de l'ex-vieille garde* qui , de contrebandiers , deviennent tout-à-coup des assassins , grâce à Buchoz. Mais ces braves que tu calomnies , Buchoz, fidèles à l'honneur , ne s'en écarteront point pour suivre tes projets ; ils défendraient , au péril de leur vie , les princes dont tu voulais faire croire que l'on menaçait les jours. Tels sont les sentimens qui animent tous les braves : ils ne s'aviliront jamais : leur soumission et leur respect pour le Gouvernement qui existe égale leur courage , et ils le prouveraient avec empressement si jamais on avait besoin du secours de leurs bras.

Ceux qui faisaient agir Buchoz et lui-même, ne demandaient pas mieux que de jeter de l'odieux et de faire planer des soupçons sur des hommes qui vécurent toujours sans reproche ; qui ne veulent que la gloire de leur patrie ; pour eux, ils n'en desirent que l'asservissement.

Bruxelles, 5 mai.

A Son Excellence M. le Baron de Nagell, Ministre des Affaires Etrangères, etc., etc. à Bruxelles.

« Monsieur le baron, placé dans cette situation difficile qui, d'une part, me défend d'intervenir en aucune manière dans les actes d'un gouvernement étranger ; qui, de l'autre, m'ordonne de ne pas laisser planer sur mon gouvernement, ni sur celui qui a l'honneur de le représenter auprès du roi, la tâche d'une intrigue vile, absurde, atroce ; j'ai cru devoir me borner jusqu'ici à des démarches de communications verbales auprès de votre excellence, et à ce que j'ai dit au roi, avant-hier, lorsque j'ai eu l'honneur de dîner avec sa majesté.

Le tems s'écoule cependant ; les journaux continuent à égarer l'opinion publique, et quoiqu'ils ne contiennent rien de précisément officiel, ce serait nier la vérité la plus constatée que de prétendre que rien de ce qu'ils renferment au sujet de la mission de France et de son ministre, n'a été présenté à l'audience, dans le sens où ils le rapportent.

J'établis donc ici, monsieur le baron, pour qu'il en soit fait l'usage que vous croirez convenable, et avant que j'en fasse moi-même l'usage public que nécessiteront les circonstances:

Que, le 6 novembre, à 8 heures du soir, pour la première fois de ma vie, j'ai vu et entendu parler du sieur Buchoz, et du complot dont il m'a fait la révélation.

Qu'une heure après, je me suis rendu chez M. le procureur-général pour l'informer de ce qui venait de m'être dit : tout s'est trouvé conforme à ce qui avait été déposé auprès de lui, par ce même Buchoz, et par Pouillot-Lacroix.

Que le lendemain, à 8 ou 9 heures du matin, je suis allé m'en entretenir successivement avec M. le Ministre de la justice, et avec votre excellence.

Que depuis cette époque, l'affaire ayant pris le cours qu'elle devait prendre, c'est-à-dire, ayant été remise aux mains des autorités du pays, je n'ai eu à m'en mêler en aucune façon ; mais seulement à informer mon gouvernement de ce qui parvenait à ma connaissance d'un complot fait pour l'intéresser à plus d'un titre, puisqu'il s'agissait d'un attentat contre sa majesté l'empereur Alexandre, contre le gouvernement du roi mon maître, et puisqu'il paraissait que les principaux agens de cette machination, plus absurde peut-être encore qu'elle n'était atroce, étaient pour la plupart français.

J'ai donc dû voir celui qui l'avait le premier révélée, et pendant quelques jours, j'ai reçu et fait passer à mon gouvernement, sur la demande du vôtre, les informations que me donnait le sieur Buchoz; informations qui devenaient d'ailleurs nécessaires pour obtenir, sur les individus nommés dans cette affaire, les renseignemens qui les concernaient.

Buchoz n'a pas tardé à me demander le prix des services qu'il avait, disait-il, rendus. Je croyais qu'en effet il lui en était dû un, et j'ai été au moment de le lui donner. Je ne sais qu'elle réflexion m'a retenu; et ni lui, ni qui que ce soit, n'a reçu de moi un seul denier.

Seulement, lorsque Pouillot-Lacroix et Buchoz, qui étaient à mes yeux des révélateurs, et qui le sont encore aujourd'hui, ont été mis en prison; sur ce qu'ils m'ont écrit et fait dire de leur misère, je leur ai fait donner 10 francs par jour, comme secours, ce que je fais souvent pour d'autres malheureux dans les prisons; et j'ai pris même le soin d'en informer l'autorité, et de vous demander à vous, monsieur le baron, par une note officielle, si la justice n'y trouvait pas d'inconvénient. Vous m'avez répondu officiellement, que non. J'ai même eu l'attention de retrancher ces secours, lorsque de prévenus qu'ils étaient, ils ont été mis en accusation.

Toutes les informations venues de Paris, sur les individus compris dans cette affaire, ont prouvé que le sieur Buchoz était totalement étranger au ministère de la police d'alors.

Il est trop au-dessous de moi, de dire qu'il m'était totalement étranger aussi, pour que j'en veuille prendre la peine. Si quelque magistrat, agité par d'indignes passions, a été capable de l'insinuer, il a dégradé l'honorable caractère dont il était revêtu, et s'est rendu plus coupable que les misérables contre lesquels il était appelé à informer.

J'ai dit, monsieur le baron :

J'attends de la justice du gouvernement qu'il saura trouver le moyens de réparer d'une manière proportionnée à l'offense, les fautes de l'un de ses agens.

Agréez, monsieur le baron, l'assurance de ma haute considération ».

LA TOUR-DU-PIN.

Nous avouons franchement que M. l'ambassadeur de France près la cour de Bruxelles, ainsi qu'il le dit en commençant cette lettre, se trouvait *dans une situation critique.* Il ne savait s'il devait parler ou se taire : *parler*, pour détruire toutes les impressions que faisaient naître les révélations de *Buchoz* et *Lacroix*, et ne pas donner prise, soit à la médisance, ou à la calomnie, ou empêcher que l'on eut cru qu'ils avaient pu dire la vérité. Se *taire* eût été le plus prudent, le plus honorable et le parti le plus digne du gouvernement que l'on représentait, et du caractère dont on était revêtu. Le silence eût prouvé que l'on était au-dessus de ce que ces deux misérables pouvaient dire pour se justifier.

M. l'Ambassadeur, dans sa lettre, se plaint de M. le procureur-du-Roi, des avocats des accusés et des feuilles publiques des Pays-Bas, qu'il accuse d'inexactitude et de calomnie envers sa personne et regarde ces injures personnelles comme une insulte faite au Roi son maître. Ces accusations ne sont pas restées sans réponse, il s'est attiré des répliques du journal de Gand, qui affirme avoir rendu un compte exact de ce qui s'est passé à l'audience devant mille témoins et qu'il ne s'est pas écarté de l'exactitude scrupuleuse qu'il s'était imposée, j'ignore si M. l'Ambassadeur continuera avec les journaux une lutte qui compromet sa dignité. Nous ne nous permettrons pas de décider quel est celui qui a raison de M. l'Ambassadeur ou du procureur-du-Roi et des avocats des accusés, nous observerons seulement que les tribunaux ne peuvent refuser aux avocats la plus grande latitude possible pour la défense de leurs clients. Si un Ambassadeur a des droits aux respects des magistrats étrangers , un Procureur - général représente aussi son Souverain et ses devoirs ainsi que l'intérêt de la justice doivent le mettre au-dessus de tout ménagement, lorsqu'il s'agit de dévoiler des machinations qui tendent à compromettre la sûreté et le repos de sa patrie. Que dirait-on d'un Roi, qui destituerait un magistrat pour avoir fait son devoir et parlé selon sa conscience ?.....

Il est , certes , très-fâcheux que M. l'Ambassadeur se soit mêlé de cette affaire, mais si sa dignité se trouve compromise, celle du Roi de France ne l'est pas. Sous un gouvernement constitutionnel, elle ne saurait dépendre de la conduite , des fautes ou des erreurs d'un ministre responsable et d'un Ambassadeur. Ce serait une folie de croire que l'on ne puisse censurer un Ministre sans attaquer la dignité royale.

Je pense que , dès le 6 novembre , lorsque *Buchoz*, vint faire ses premières révélations on eût du le renvoyer à l'autorité locale, qui seule pouvait et devait en connaître, malgré *l'apparence de danger et d'importance* que présentait ce complot, sauf à s'entendre alors avec cette même autorité, pour éclaircir les faits et

en informer qui de droit, alors il n'eût point
existé de communications directes avec Buchoz,
alors il ne se fut point cru autorisé à faire usage
d'un nom respectable dans ses moyens de défense, la lettre du 5 mai n'existerait pas, on
n'eût point été obligé de donner des explications
qui, sans rien prouver en faveur de Buchoz,
laissent subsister des doutes sur des communications trop directes qui causent de l'étonne-
ment, et font naître des réflexions dont on ne
peut se défendre.

Il est bien certain que, d'après que Lacroix
eut été remis aux mains des autorités du pays,
elles seules devaient en connaître; on pouvait
bien informer un gouvernement étranger de ce
qui l'intéressait, mais il était très - facile de
s'apercevoir dès les premières confidences de
Buchoz, que cette machination était réellement
plus absurde qu'atroce, et quoique des français en fussent les auteurs, les complices ou
à *plaisir les inventeurs*, on pouvait rendre
compte de tout, mais avec dignité; mais avec
une certaine retenue, qui n'eût jamais du faire
croire à ces individus qu'ils avaient mérité trop
de confiance.

L'empressement de Buchoz, pour demander
le prix des services qu'il croyait avoir rendus,
pouvait encore prouver contre lui, il était avide

de jouir. Il a reçu la seule récompense qui lui était due : l'empreinte indélébile dont son épaule sera décorée. Pouillot Lacroix et Buchoz étaient bien des révélateurs, mais de leurs propres projets, ils n'eussent mérité aucune espèce de commisération, aucuns secours.

La lettre que nous rapportons, les observations qu'elle a fait naître, et les réflexions que feront nécessairement nos lecteurs, prouveront qu'il est très-important que tous les dépositaires de l'autorité, que tous les agens d'un gouvernement se tiennent en garde contre toutes ces délations, ces renseignemens dont on vient les étourdir à chaque instant. Il y a tant de gens qui spéculent sur la cruauté, la crédulité, l'esprit de parti, et les autres passions qui tourmentent l'humanité, qu'ils sont toujours prêts à les mettre en mouvement, à les flatter, ou à les irriter pour parvenir à leurs fins et faire des dupes, il est des hommes auxquels on pardonne difficilement de l'être, ce sont ceux qui par leur état, leur rang, leurs dignités, leurs connaissances, doivent démêler plus facilement la vérité du mensonge, la ruse de la franchise, et l'erreur devient plus grave en raison des moyens que l'on avait de s'en prémunir. Alors que malheureusement on a reçu une pareille leçon on doit en profiter pour l'avenir.

Buchoz écrivait le 15 novembre au ministre de la police générale, à Paris :

« Monseigneur, depuis le 3 de ce mois, je n'ai cessé de donner connaissance à votre excellence de tout ce qui s'est passé concernant la conspiration qui s'était formée dans ce pays contre le roi de France, l'empereur de Russie et le roi des Pays-Bas, par suite des peines que M. Lacroix et moi, nous sommes donnés ; nous avons parvenu à faire arrêter les chefs de cette conspiration : donc notre affaire est finie, et je n'ai encore vu aucune personne nous en témoigner son contentement, *non en nous donnant une récompense,* mais en nous faisant appeler pour seulement nous faire connaître qu'ils nous en savent bon gré.

» Je vois avec peine que des personnes qui sont peu dans l'affaire, je veux dire qui nous ont secondés, font tout leur possible pour nous éloigner, et même nous éclipser, pour en avoir l'honneur.

» Je sollicite, des bontés de votre excellence, une réponse qui puisse me faire connaître, que si par l'intrigue on parvient à empêcher le roi des Pays-Bas et l'empereur de Russie de savoir que c'est moi le premier qui ait fait connaître à la police du royaume des Pays-Bas cette conspiration, que votre excellence me promet de-

rendre compte de cette affaire à Sa Majesté
Louis XVIII, ainsi que du zèle que nous avons
mis, et comme nous avons été et sommes encore
exposés.

» Il ne reste plus à trouver que M. Laborde,
que la police de cette ville a manqué par trop de
précipitation. Votre excellence a dû recevoir
mes rapports sous le couvert de M. le marquis
de la Tour-du-Pin, qui ne m'a jusqu'à ce jour
fait connaître aucune réponse de votre excellence.

» Enfin, de la manière dont on nous a traité
jusqu'à ce jour, il semble que c'est un crime
que nous avons commis en nous sacrifiant pour
le bien de nos Rois.

» Agréez, etc.

Signé Buchoz,

Rue de Rhuysbour (Ruysbroek), N°. 1240.

Buchoz tenait beaucoup à obtenir une lettre
de S. Exc., elle eût pour ainsi dire sanctionné
ses projets, et il se fut crû autorisé. Alors, il eût
donné bien plus d'importance à l'honneur qui
rejaillissait sur lui par la découverte du complot, il n'eût plus redouté d'être *éloigné,
éclipsé,* son zèle eût brillé du plus grand éclat,
et le *sacrifice qu'il fesait pour le bien de son*

Roi eût été sans exemple. Mais on fut sourd à ses supplications, quelle ingratitude !

Nous sommes fâchés de voir, que dès le principe de cette affaire, et avant qu'on eut obtenu d'autres renseignemens que ceux fournis par les révélateurs, on ait pu croire à la réalité de ce projet passé, mais l'homme un peu exercé, un peu versé dans la politique et dans la connaissance des hommes, eût du s'apercevoir que *Buchoz* et *Lacroix*, n'étaient pas bien certains de ce qu'ils avançaient. Il y a eu, j'en suis certain, des momens d'hésitation faciles à saisir et un complot tel que celui-là, qui devait avoir une telle influence sur le sort de deux grands Etats, dont les résultats devaient être si funestes, avait bien d'autres ramifications, d'autres chefs que les accusés et d'autres acteurs que quelques contrebandiers. Mais les plus adroits se sont tenus à l'écart. Et d'ailleurs les plus grands coupables, les instigateurs, les provocateurs de cette trame étaient sans doute trop éloignés pour être justiciables de la cour de Bruxelles. Nous ne ferons pas seuls cette réflexion.

Les agens de toutes ces machinations, de tous ces essais tentés pour troubler la tranquilité pu-

blique , devraient être las de se torturer l'ima-
gination pour faire de semblables complots : il
paraît que , rien ne les fatigue ; que sans honte
et sans pudeur, ce n'est qu'en se couvrant d'op-
probre et de mépris qu'ils veulent se signaler.
Leurs coriphées , les écrivains qui soutiennent
ce parti de la vénalité de leurs plume ont beau
renbrunir les couleurs les plus respectables , leur
morale n'en obtient pas plus de cours , et comme
on ne juge pas un ouvrage d'après le titre ou
l'étiquette, personne ne se rallie à leur enseigne.
L'entêtement de ces hommes ne peut être com-
paré qu'au délire et à la frénésie de ces mania-
ques , qui ne conservent plus d'humain que les
formes, quel sentiment doivent-ils inspirer , on
gémit d'être obligés de penser que de tels êtres
partagent l'existence de ceux qui sont doués de
quelque sagesse et de quelque raison. Il paraît
que *Buchoz* , ou ses partisans , voulaient encore
faire regarder comme agent de la police dans cette
affaire J. A. Traversier , lorsqu'ils ne pouvaient
trouver des complices ils calomniaient. C'est
l'arme des lâches et souvent elle est si puissante !
Ils redoutaient sans doute l'auteur de la note
que nous donnons ici , et cherchaient à faire

suspecter sa bonne foi. Tout porte à croire qu'il fournit des renseignemens importans.

« Le soussigné, Joseph-Antoine Traversier, négociant en vins, natif de Saint-Péray, département de l'Ardèche, défie toute puissance humaine de prouver qu'il ait jamais appartenu ou qu'il appartienne à aucune police quelconque, *ni de France, ni en France.* Il aurait donc indignement trompé M. le comte de Rangraff, qu'il accompagna chez S. M. le roi des Pays-Bas, auquel ils rendirent compte des révélations que Berth venait de faire par écrit ».

Signé, J.-A. Traversier.

M. le Substitut du procureur-général, ne fut pas à l'abri de leurs coups. Ils ne purent l'atteindre, mais il ne se crut pas même obligé de donner par écrit un démenti formel, à ceux qui avaient osé calomnier la cour de Bruxelles. Il s'exprime avec la dignité qui convient à un magistrat et dit :

« Des rapports peu exacts et surtout incomplets ont été transmis par quelques papiers-nouvelles sur ce qui a été dit de la part du ministère public près la cour d'assises du Brabant méridional, en cause des individus accusés d'avoir participé au complot dirigé contre la personne de S. M. l'empereur de toutes les Russies : ce sont ces rapports, sans doute, qui ont donné lieu aux démarches rendues publiques, ainsi qu'à l'insertion dans le *Moniteur* de France, du 5 mai 1819, d'un article inculpant des magistrats.

» Forcé à rompre un silence que le sentiment de sa dignité et la certitude d'avoir rempli tous ses devoirs, avaient fait garder jusqu'à présent au soussigné, il déclare bien positivement n'avoir rien insinué d'où l'on eût pu légitimement conclure qu'il aurait eu la pensée de compromettre ou de désigner en la moindre des allégations, soit l'administration d'aucun des départemens ministériels dont se compose le gouvernement de France, soit la légation française près de Sa Majesté. »

Bruxelles, 8 mai 1819.

L.-J. ORTS, *substitut du procureur-général près la Cour supérieure de Justice, séant à Bruxelles.*

La Cour supérieure de Justice de Bruxelles, n'avait pas besoin de compromettre les agens supérieurs ou subalternes qui figuraient dans ce complot, ils avaient rempli eux-mêmes cette tâche ; mais comme le succès n'avait pas couronné leurs espérances, qu'ils étaient devenus en général l'objet du mépris de tous ceux qui avaient en plus ou moins connaissance de cette misérable intrigue, ils cherchaient à *s'innocenter* aux dépens de qui de droit. Ils aggravaient encore leurs torts. Ce complot tiendra une place remarquable dans les annales de *la sottise*. Les incorrigibles se plaindront, ils accuseront de jacobinisme ceux qui n'ont pas secondé leurs intentions. Les gens sensés s'étonneront, et avec juste raison, que l'on accorde quelque considération à de tels brouillons, surtout dans un pays ou l'on devrait les apprécier mieux que par tout ailleurs ; pour nous, nous les abandonnons à leur mauvaise étoile et nous terminerons l'historique de ce complot, par des considérations générales, qui prouveront peut être, qu'il se rattache à plusieurs autres projets qui étaient aussi ridicules, quoiqu'ils fussent ourdis avec les plus coupables intentions.

Ce complot tout dérisoire qu'il est, car il n'a eu que le mérite d'égayer ceux qui en ont parlé, n'en prouve pas moins l'existence d'un parti,

qui chaque jour fait entendre en France des cris
de fureur et de rage. Mais les principaux chefs,
trop lâches et trop pusillanimes pour se montrer, voulaient effrayer les Puissances étrangères
et la France elle même, pour qu'elles crussent
qu'il fallait encore l'occuper avec une armée,
afin d'en imposer aux perturbateurs. Et qui
sont les perturbateurs? Ce sont ceux qui trai-
tent de brigands, d'assassins, les hommes fidèles
à l'honneur, ce sont ceux qui virent avec peine
que S.M., guidée par la sagesse et la bonté, réunit
et rallie tous ses sujets, qu'il porte également dans
son cœur. Ils avancent que la France recèle ses
ennemis les plus acharnés dans son sein, nous
pensons comme eux : Ce sont les *auteurs de la
Note secrette et leurs continuateurs qui ont
inventé le complot de Bruxelles*, que nous
pouvons regarder comme formant le tome troisième de la Note secrette.

Tous ces rêveurs de projets s'immaginent que
les Français qui ont pris plus ou moins part
à la révolution en figurant dans nos armées,
que les plus zélés défenseurs de notre liberté
constitutionnelle, voudraient la voir renaître
cette révolution pour tenter un autre ordre de
choses. Quelle erreur ! Ceux qu'ils calomnient

ainsi, savent trop bien apprécier les bienfai
d'un gouvernement réparateur, pour cherch
à lui porter la moindre atteinte. Les plaies a
ciennes se cicatrisent, le soc nourricier sillo
nos pleines, des bras valeureux sont rendus
l'agriculture le premier des arts; la patrie
réclame plus pour sa défense que ceux de s
enfans dont elle a besoin pour donner une id
de sa puissance. Les sciences fleurissent, le cor
merce renaît, nos vaisseaux parcourent les mer
et rendent les Nations étrangères tributair
de notre industrie, et des insensés avance
que des Français veulent déchirer le sein de le
mère chérie; ah! si jamais celui qui nous go
verne avait besoin de ses enfans. Il les verr
tous se rallier sous ses bannières, pour défend
la chartre, son trône et l'éclat de sa couronne.

S. M. a reconnu que la Nation française ava
été calomniée auprès de lui. Le peuple França
s'est convaincu lui-même, qu'on avait cherch
à l'égarer, en lui montrant les descendans
ses antiques souverains revenant avec des idé
de vengeance. La couleur du panache d'Henri l
est l'emblême des sentimens et de l'âme des Bou
bons. Il suffit de les voir, pour avoir cette dou
et précieuse pensée. Le malheur ne les implo

jamais en vain. Les établissemens les plus utiles se forment et naissent à leur voix que faut il de plus, notre bonheur présent nous dit assez celui que nous promet l'avenir.

En traçant l'historique de ce complot, nous n'avons point eu l'intention d'appeler l'animadversion, ni d'exciter à la vengeance contre ceux qui l'ont ourdi. Les coupables qui se sont mis en évidence ont subi la condamnation qu'ils méritaient, si le remords pouvait entrer dans l'âme de ceux qui les ont encouragés à cette œuvre de délire, peut-être renonceraient-ils à de nouvelles entreprises, nous en doutons, ils sont aussi incorrigibles que nuls. Puisque tel est leur aveuglement, plaignons les, surveillons les sans qu'ils puissent nous accuser de persécutions, et reposons nous pour le reste, sur un gouvernement ami de la justice, de la paix, et qui ne desire que la prospérité d'un pays qui trouve le bonheur à vivre sous ses lois.

Dans l'audience du 31 mai, la Cour de cassation s'est occupée ce matin du pourvoi interjeté par Louis Buchoz, condamné à six années de détention, à deux heures d'exposition et à la marque, par arrêt de la Cour d'assises de cette ville, en date du premier mai courant.

L'avocat Verhaegen fils, plaidant pour le condamné, présente cinq moyens de cassation, auxquels il donne tous les développemens que mérite l'importance de la cause.

M. Orts, substitut de M. le procureur-général, est ensuite entendu ; il répond aux divers moyens du demandeur en cassation, entr'autres au troisième moyen ; il répond que la Cour n'a pas à s'occuper du mode d'exécution de l'arrêt attaqué, et qu'il ne s'agit que d'examiner si cet arrêt est ou non conforme à la loi. Il ajoute que d'ailleurs il y a possibilité d'exécution ; il veut établir que le code pénal actuel, gardant le silence sur la marque générale, *il faut recourir aux lois anciennes et appliquer la marque qui était alors usitée.*

La Cour, après un long délibéré, a prononcé, à l'audience de ce jour, un arrêt motivé, par lequel elle rejette le pourvoi de Buchoz.

F I N.

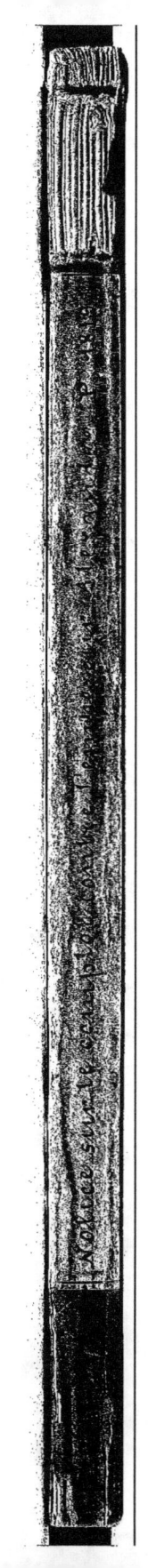

www.ingramcontent.com/pod-product-compliance
Lightning Source LLC
Chambersburg PA
CBHW060440260626
47161CB00005B/2012